KB169819

초단편 그림소설

그림이 고유의 독립성을 유지하면서도 문학 작품을 폭넓게 이해하는 데
도움을 주는 그림과 소설이 결합된 문학.

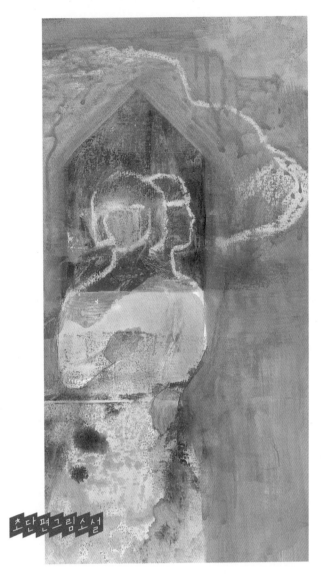

초단편그림소설

불가사의한
V양 사건

버지니아 울프 글

고정순 그림

홍한별 옮김

아름드리미디어

차
례

군중 속에서 혼자라고 느끼는 것만큼 쓸쓸한 일은 없다고들 말한다. 이런 주제가 소설에도 종종 나오는데 역력한 비애감을 담곤 한다.

나 역시 V 양의 일 이후로는 그 생각에 동감하게 되었다.

V 양과 언니의 이야기 같은 사례는 두 사람이지만 한 이름으로 이야기하는 게 적당하겠다는 생각이 직감적으로 들었다. 이들과 비슷한 자매를 누구나 바로 여남은 명은 술술 읊을 수 있을 것이다.

이 이야기는 런던에서만 일어날 수 있는 이야기이다.

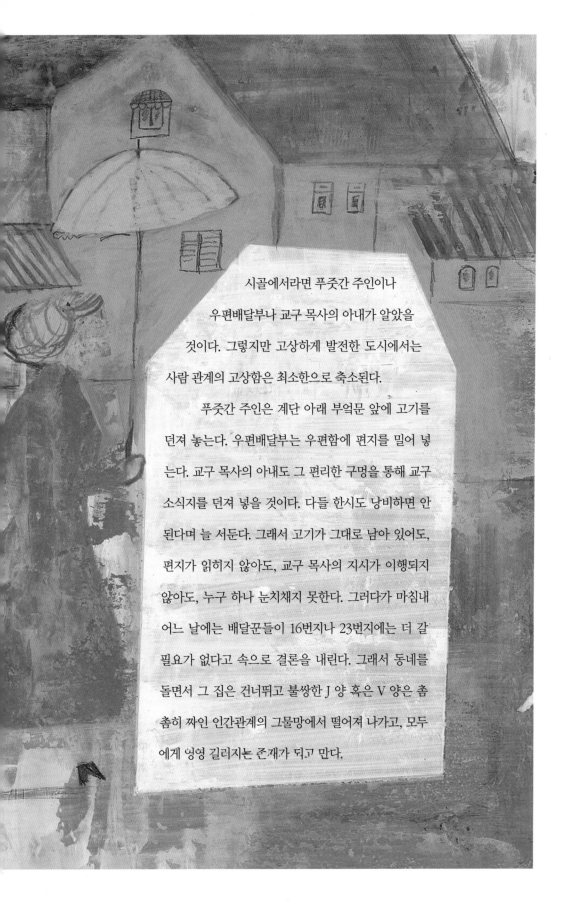

시골에서라면 푸줏간 주인이나 우편배달부나 교구 목사의 아내가 알았을 것이다. 그렇지만 고상하게 발전한 도시에서는 사람 관계의 고상함은 최소한으로 축소된다.

푸줏간 주인은 계단 아래 부엌문 앞에 고기를 던져 놓는다. 우편배달부는 우편함에 편지를 밀어 넣는다. 교구 목사의 아내도 그 편리한 구멍을 통해 교구 소식지를 던져 넣을 것이다. 다들 한시도 낭비하면 안 된다며 늘 서둔다. 그래서 고기가 그대로 남아 있어도, 편지가 읽히지 않아도, 교구 목사의 지시가 이행되지 않아도, 누구 하나 눈치채지 못한다. 그러다가 마침내 어느 날에는 배달꾼들이 16번지나 23번지에는 더 갈 필요가 없다고 속으로 결론을 내린다. 그래서 동네를 돌면서 그 집은 건너뛰고 불쌍한 J 양 혹은 V 양은 촘촘히 짜인 인간관계의 그물망에서 떨어져 나가고, 모두에게 영영 길리지는 존재가 되고 만다.

이런 운명이 어찌나 쉽게 닥치던지, 이렇게 걸러지지 않으려면 자신을 내세워야만 하는 건가 하는 생각이 든다.

푸줏간 주인, 우편배달부, 경찰이 무시하기로 마음먹은 마당에 어떻게 다시 살아나겠는가? 끔찍한 운명이다.

지금 의자를 쳐서 바닥에 쓰러뜨려야겠다는 생각이 문득 든다. 그러면 적어도 아래층 사람은 내가 살아 있다는 걸 알겠지.

아무튼 V 양의 불가사의한 일로 다시 돌아가서, 이 알파벳에 재닛 V 양이라는 사람도 숨겨져 있음을 일러두고 싶다. 한 글자를 두 부분으로 쪼갤 필요는 없으니까.

두 사람은 대략 15년 전부터 런던에서 조용히 돌아다녔고 그래서 어느 집 응접실이나 전시실에서 마주치게 되곤 했다. 평생 날마다 만나 온 사이인 양 "아, 안녕하세요 V 양."이라고 인사를 하면 V 양은 "날이 좋지요?" 혹은 "요즘 날씨가 궂네요."라고 대답하고, 이쪽에서 먼저 자리를 뜨면 V 양은 안락의자나 서랍장 속으로 사라져 버리는 듯했다. 그러고는 한 번도 그 사람 생각을 하지 않다가 한 일 년 정도 지난 다음에 V 양이 다시 그 가구에서 떨어져 나오면 똑같은 대화를 반복하곤 했다.

피의 끈이든 아니면 무엇이든 V 양의 혈관 속을 타고 흐르는 어떤 액체가 나를 운명적으로 그 사람과 마주칠 수밖에 없게 혹은 그 사람을 통과하며 흩어 놓을 수밖에 없게 만들었고, 나는 다른 누구보다 꾸준히 V 양과 스치게 되어서 이 짧은 연극이 거의 습관으로 굳어졌다. 어떤 파티든 연주회든 전시회든 익숙한 회색 그림자가 그곳에 없으면 어딘가 허전하게 느껴졌다.

그러다가 얼마 전부터 V 양과 마주치는 일이 없어지면서 나는 무언가가 사라졌다는 걸 어렴풋하게 알았다.

사라진 것이 그 사람임을 알았다고 과장해서 말하지는 않겠다. 그렇지만 '무언가'라고 말하는 데는 조금도 거짓이 없다.

그래서 사람이 가득한 방에서 나는 알 수 없는 허전함을 느끼며

나도 모르게 주위를 둘러보곤 했다. 아냐, 다들 온 것 같아. 그런데 가구인

지 커튼인지 뭔가 없어졌는데. 벽에 걸려 있던 그림을 치웠나?

그러다가 어느 날 아침 이른 시간, 새벽에 눈을 뜨며 나는 소리 내어 외쳤다. 메리 V. 메리 V! 누군가가 그 사람의 이름을 이렇게 확고하게 외친 것은 아마 처음일 거라고 확신한다. 평소에 그 이름은 무색무취의 호칭, 그저 말을 맺으려고 쓰는 문장부호 같은 것이었다. 그렇지만 내가 반쯤 기대한 것처럼 내 목소리로 V 양 본인이나 그 사람과 닮은 모습을 내 눈앞에 불러내지는 못했다. 방 안은 여전히 흐릿했다. 내가 외쳤던 소리가 종일 머릿속에서 울렸다.

　　그러다가 전처럼 길모퉁이 어딘가에서 V 양을 마주치고 멀어지는 뒷모습을 보고 안심하게 되겠거니 하며 마음을 다독였다.

　　그런데 어디에도 V 양은 나타나지 않았다. 마음속 어딘가가 불편했다.

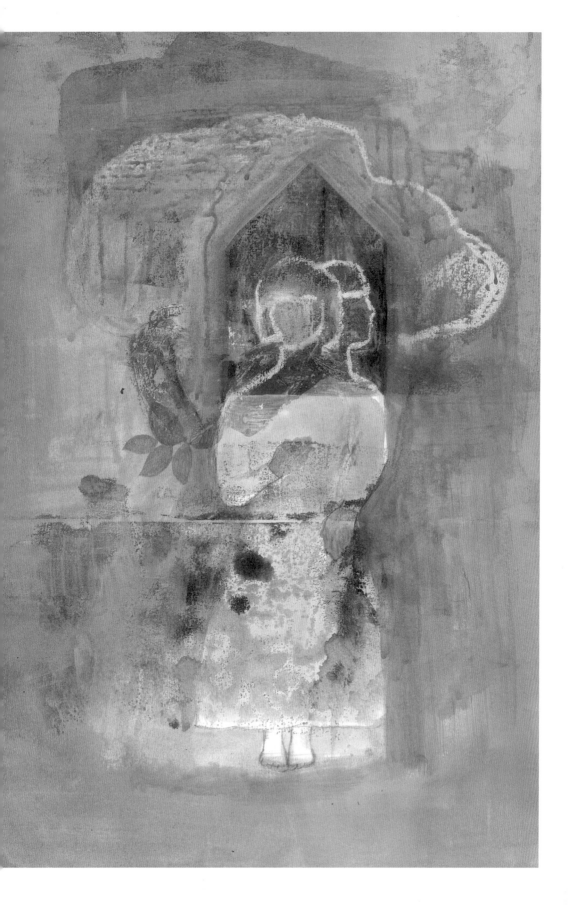

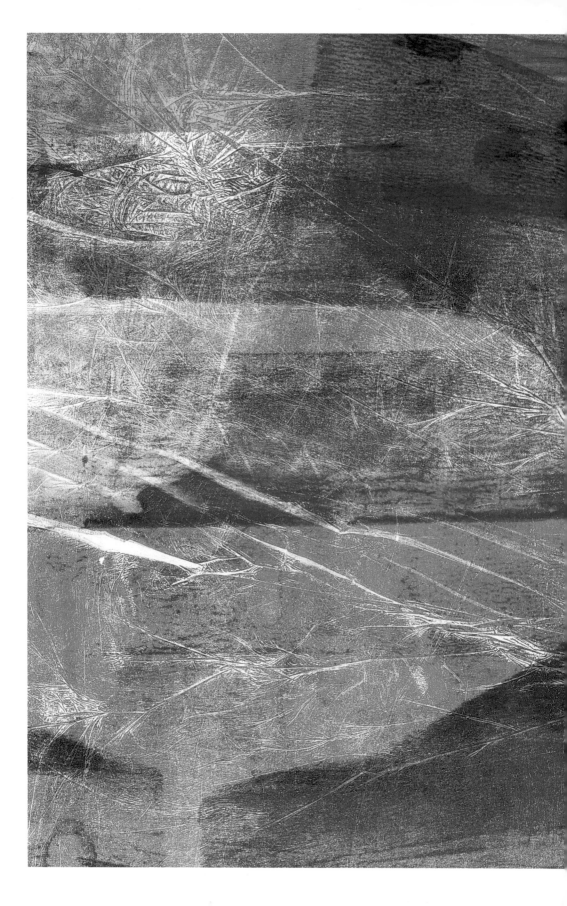

급기야는 밤에 잠을 못 이루고 누워 있다가 희한하고 황당한 계획을 떠올렸다. 처음에는 충동적으로 한 생각이었는데 생각하면 할수록 진지해지고 흥분이 되었다. 메리 V를 직접 찾아가서 만나겠다는 생각이었다.

지금 생각해 보니 얼마나 이상하고 재미있고 미친 생각이었던가! 그림자를 좇아가서 어디에 사는지 보고, 만약 살아있다면 그 그림자가 우리와 같은 사람이기라도 한 양 말을 걸다니!

해가 하늘에서 절반쯤 내려갔을 때 버스를 타고 큐 가든으로 블루벨 꽃의 그림자를 만나러 간다면 어떻겠나! 아니면 한밤중에 서리 주 들판으로 민들레에서 흩날리는 솜털을 잡으러 간다거나! 내가 하려는 일은 이런 것들보다도 더 허황한 원정이었다. 집에서 나서려고 옷을 차려입다가 이 일에 이런 실질적 준비가 필요하다는 게 어처구니가 없어서 웃고 또 웃었다. 메리 V를 만나려고 부츠를 신고 모자를 쓰다니! 말도 안 되게 터무니없는 일이었다.

마침내 V 양이 사는 아파트에 도착했고 현관 알림판을 보았는데, V 양은 우리도 대개 그러듯 출타 중이면서 동시에 집에 있는 것으로 모호하게 표시되어 있었다.

나는 건물 꼭대기 층에 있는 아파트 문 앞으로 가서 문을 두드리고 초인종을 누르고 기다리고 살폈다. 아무도 나오지 않았다. 그림자도 죽을 수 있나 하는 생각이 들기 시작했다. 만약 그렇다면 그림자를 어떻게 묻나.

그때 문이 살짝 열렸고 하녀가 나왔다. 메리 V는

두 달 동안 앓았었고, 어제 아침에 세상을 떠났다고 했다.

내가 그 이름을 부른 바로 그 순간이었다.

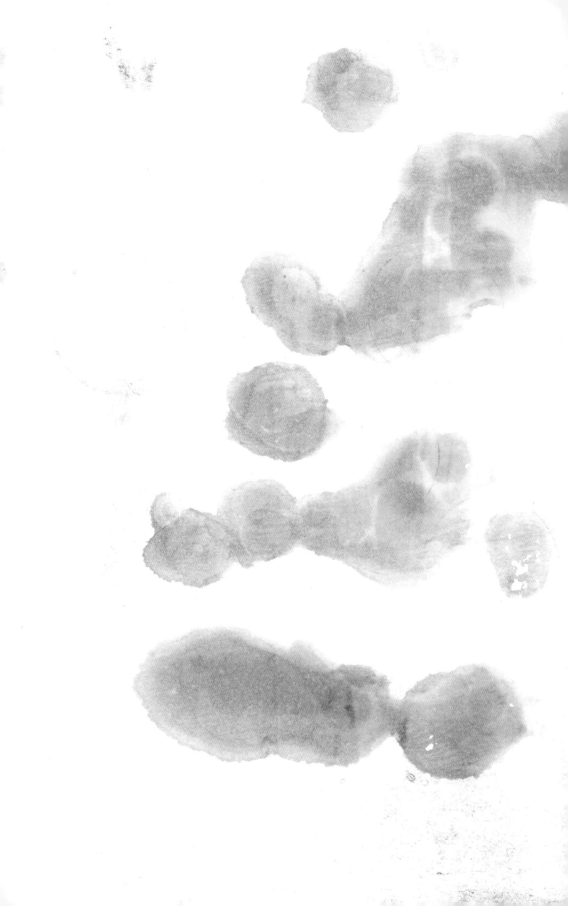

이제는 나는 영영 다시 그 사람의 그림자를 만나지 못하리라.

부록

이름이 되어

고정순

"감나무가 한 그루 있었어."

내가 이사 갈 집의 특징을 묻는 친구에게 거실 위치에서 감나무 한 그루를 볼 수 있다고 말했다. 흔한 장미조차 다른 꽃과 구분 못 할 정도로 식물에 관한 지식이 없는 내가 감나무는 알아봤다는 사실을 친구는 믿지 않는 눈치였다.

"그럼, 감나무 하나 때문에 집을 덜컥 계약했다는 말이야?"

"응. 나무를 보며 맥주를 마시고 싶거든."

비싼 돈을 들여 산 내 낭만을 친구는 비웃었다. 낭만이란 원래 낭비를 담보로 한다고 말하려다 관뒀다. 낭비할 여유가 없는 날 비웃을 것만 같았다. (전 재산을 모두 쏟아부었으니 완벽한 낭만은 아니다만) 지하와 옥탑을 전전하던 내게 나무가 보이는 집에 살 수 있다는 사실은 꿈만 같았다. 하지만 감나무가 진짜 감나무인지는 확신할 수 없었다. 그냥 감나무 같았다고 할 것을. 불리는 이름이 정확하지 않을 때 나무도 어떤 감정을 느끼나? 아니겠지.

서울살이를 모두 정리하고 남은 돈으로 접경 지역에 집을 구했다. 내가 가진 돈으로 허락되는 공간은 외곽이나 모서리가 전부다. 친구에게는 정확히 말하지 못했지만, 사실 감나무가 집을 구한 결정적인 이유는 아니었다. 이유가 어이없어 감나무를 핑계 삼았는지도 모른다.

부동산 중계자의 안내로 찾아간 집의 현관문을 들어서니 여성용 신발이 빼꼭히 놓여 있었다. 근처 공장에서 일하는 여성 노동자들의 기숙사라는 소개를 받긴 했는데 예상보다 많은 인원이 함께 생활하고 있었다.

많은 신발이 엉켜 있어 과연 신발을 찾아 신는 게 가능할까, 의심이 들 정도였다. 거실에 커다란 창으로 나무가 보였다. 모든 방은 문이 닫혀 있었고 싱크대가 있는 부엌에는 음식을 조리한 흔적이 전혀 없었고 모든 외벽은 세월의 흐름에 낡아 있었을 뿐 생활의 흔적이 거의 없었다. 이렇게 많은 사람이 사는데 생활의 흔적이 없다는 게 의아했지만, 가정집과는 다른 생활이 있으니 그럴 수 있다고 생각했다.

3교대를 마친 사람들의 숙면을 위해 방문은 굳게 닫혀 있었다. 방금 누군가 사용한 화장실에서 여러 향이 뒤섞인 수증기가 피어오르고 있었다. 화장실 벽으로 빨간 물때와 푸른곰팡이가 함께 서식하고 있었다. 커다란 창이 난 베란다 쪽에도 푸른곰팡이가 피어나다 못해 무늬가 되었다.

방문을 열어 집 구석구석을 살펴볼 수가 없었다. 서울 집을 비워야 할 시기는 다가왔고, 내가 미덥지 못한 친구에게 잔소리 들을 일이 걱정되었지만 어쩔 수 없이 계약금을 걸었다. 잔금을 치를 때까지 나는 감나무 정령에게 이끌려 이사를 결심한 이상한 년이란 소리를 들을 수밖에 없었다. 그래도 나는 좋았다.

연립 형식의 공동주택 구조로 된 이곳을 사람들은 '아파트'라 부른다. 하지만 내 눈에는 어린 시절 동네에서 흔히 보던 집처럼 정겨웠고 건축물의 이름이 무엇이든 크게 상관이 없었다. 이제 '내 집'이라는 이름이 생겼으니까.

자본과 우정의 힘으로 이사의 모든 과정은 예상보다 순조로웠고 나는 집수리를 위해 무리한 지출도 마다하지 않았다. 푸른곰팡이와 함께 살 수는 없었으니까. 베란다를 하얗게 칠하고 낡았지만 아직 쓸만한 싱크대를 철거했다. 20년 넘은 공동주택이라 웬만한 부분 공사로는 낡은 태를 깨끗이 벗기지 못하겠지만, 기숙사의 흔적은 모두 지울 수 있을 것이다.

이제 이곳에 머물렀던 예전 사람들의 흔적을 지우고 내 공간이 될 생각을 하니 기분이 묘했다.

중도금을 치르고 딱 한 번 집을 제대로 보고 싶어 들렀던 적이 있다. 사감 업무를 보던 사람의 볼멘소리를 들어야 했고, 아직 잠에서 깨지 못한 노동자의 피곤한 얼굴을 보며 '내 잘못은 아니잖아' 하며 빠르게 집을 둘러보았다.

시지각이 넓은 덕분에 짧은 시간에 집 안 사각지대까지 모두 살필 수 있었고 상태는 예상보다 나빴다. 집 안 곳곳에 핀 곰팡이가 내 선택을 후회하게 만들었다. 사감 업무를 맡고 있는 사측 사람도 툴툴대며 말한다.

"무슨 여자애들이 이렇게 더러워."

중도금까지 치른 집을 무를 수 없었다. 공사를 잘 마무리하면 내 취향대로 말끔해질 거라고 믿을 수밖에 없었다. 이사를 마치고 집 안을 둘러보면서 내 판단이 옳았다고 확신하게 되었다.

나는 '여자애들'의 흔적을 접착제의 역한 내음으로 지웠다. 사측 사람의 말속에 어떤 비하의 의도가 담겼다고 생각하지 않는다. 단 그가 그들을 뭉뚱그려 부른 '여자애들'이라는 이름에는 그들을 향한 관심이 삭제되어 있을 뿐이다. 그들의 생활 동선을 제대로 파악하지 못한 모습을 여러 번 확인했기 때문이다.

이사를 마치고 무심하게 몇 날이 흐른 어느 날, 그들의 이름이 하나둘 도착하기 시작했다.

택배 상자에 적힌 이름을 보면서 그제야 이곳에 살았던 그녀들이 그냥 '여자애들'이 아님을 느낄 수 있었다. 내 것인 줄 알고 뜯어 본 택배 상자 안에 핑크색 작은 상자들이 옹기종기 모여 있었다. 한눈에 봐도 내가 사지 않

앉을 물건이라 다시 송장을 확인하니 '송민아'였다. 미백 화장품 기초 세트 3
종이었다. 기숙사 생활자 중 한 명이라고 생각한 나는 주문서에 적힌 휴대전
화에 메시지를 남겼다.

— 송민아 씨가 맞나요?
한참 뒤 메시지가 도착했다.
— 죄송해요. 퇴근 후에 찾으러 갈 테니 문 앞에 놓아 주세요.
— 네, 문 앞에 놓을게요. 그럴 수도 있죠.

그리고 또 다음 날, 날 찾아온 또 다른 이름 '박수영'. 이번에는 일본
만화 원서 잡지였다.

나는 한 번도 본 적 없는 얼굴을 상상했다. 샤워를 마치고 수건을 두
른 채 기초 화장품을 순서대로 바르고 있는 '송민아'와 일본 만화 잡지 속 좋

아하는 주인공의 얼굴을 보며 미소 지을 '박수영'과 예쁜 귀걸이를 사고 너무 비싸지 않나 고민했을 또 다른 이름의 얼굴들을.

나와 같은 공간에서 불리고 불렀을 이름들을.

이제는 택배 상자를 함부로 열지 않는 나는 주문자 이름을 확인한다. 그리고 매번 주문서를 확인할 수 없어 '송민아'에게 '박수영'의 택배물을 문 앞에 두겠다고 메시지를 남겼다. 그 뒤로 잊을 만하면 날 찾아오는 이름 중 간혹 가운데 이름이 별표로 지워진 이름들도 있었다. 어쩔 수 없이 주문서를 확인하고 '송민아'에게 늘 두는 자리에 두겠다고 메시지를 남겼다.

— 혹시 거실 창으로 보이는 나무의 이름을 아세요?

뜬금없는 내 질문에 당황한 듯 그에게서 짧은 답이 왔고, 그렇게 우리 의 대화는 끝이 났다.

어느 날엔 제3 금융권에서 우편물이 도착했다. 수취인을 확인한 나는 그것이 내가 아는 그 이름이 아니기를 바라고 있었다. 이후 어떤 이름도 날 찾아오지 않았다.

그리고 감나무에서 벚꽃이 피어 베란다 가득 꽃그늘을 드리웠다. 방충망을 열고 맥주를 마시는데 잔 위로 벚꽃이 하나 내려앉았다.

— 일 끝나고 기숙사에 가면 자느라 바빠서 나무가 있는 줄 몰랐어요.

옮긴이의 말

— 홍한별

나는 꽤 오래전부터 시장 근처에서 살면서 시장에서 장을 보았는데 그곳에서는 젊지 않은 여자 손님을 부르는 기본 호칭이 '어머니'이다. 아이가 있든, 없든, 혹은 잃었든 상관없이 어머니라고 불린다. 모든 여성의 궁극적 운명은 어머니라는 듯이.

과거에는 여자가 '때'가 되면 결혼하고 아이를 낳는 것이 너무나 당연한 일이어서, 이 당연한 길을 따라가지 않는 여자들은 정말 곤란한 존재였다. 아내와 어머니라는 전통적 역할을 하지 않은 채 나이가 들어 버린 사람들은 어딘가 이상하거나 괴팍한 사람으로 치부되거나 아니면 방 안에 있는 가구처럼 존재하지만 존재하지 않는 사람으로 취급받았다. 또 여성은 재산권을 자유로이 행사하기도 어려웠고, 다양한 직업 선택의 권리도 투표권도 교육의 기회도 주어지지 않았다. 가정교사나 가사 노동 일꾼 정도를 제외하면 여성이 가질 수 있는 직업이 거의 없었고, 그런 일이라도 하며 의식주를 해결하지 못하는 독신 여성은 다른 사람의 호의에 의탁해 살 수밖에 없었다. 그러니 가정을 꾸리지 않은 여성은 V 양처럼 희미하게 지워져 버릴 수밖에 없다.

《불가사의한 V 양 사건》으로부터 30년이 지난 1938년에는 세계 대전을

겪으며 여성의 사회 진출이 이루어졌고 여성이 참정권을 얻는 등의 변화가 있었으나 여성의 삶은 크게 달라지지 않아서 버지니아 울프는 《3기니》에서 여성이 겪는 현실의 제약을 통렬하게 비판한다.

"요컨대 결혼을 해야 한다는 것은 고학력 남성의 딸이 하는 모든 말, 모든 생각, 모든 행동에 영향을 미치는 당위였다. 그럴 수밖에 없지 않았겠는가? 결혼이 여자에게 열려 있는 유일한 직업이었는데."
  – 《3기니》 *(버지니아 울프, 김정아 옮김, 문학과지성사, 2021)*

이런 현실에서 버지니아 울프는 어디에서도 자기 자리를 찾을 수 없는 애매한 존재가 되고 마는 독신 여성의 존재에 신경을 쓴다. 평소에는 눈에 뜨이지 않지만, 곰곰 생각해 보면 "누구나 여남은 명은 술술 읊을" 정도로 흔한 이런 여성들, 블루벨 꽃의 그림자나 민들레 솜털만큼 미미한 이런 이들 가운데 한 명을 버지니아 울프가 V라고 부른 건 우연이 아닐 것이다. 버지니아의 이름도, 버지니아의 언니 바네사의 이름도 V로 시작한다. V 양뿐 아니라 사회적 기대에서 벗어난 여성은 누구나 마찬가지 운명을 겪는다. 도시를 떠도는 그림자가 되었다가 자기 이름을 잃고 자기가 아닌 존재로 호명된다.

버지니아 울프

20세기 모더니즘을 대표하는 영국 작가이며 작품 속에서 다양한 소설 기법을 실험하며
인간의 내면 세계를 치밀하게 파고 드는 '의식의 흐름 기법'의 대가로 불린다.
소설 《댈러웨이 부인》, 《등대로》, 《올랜도》뿐 아니라 에세이 《자기만의 방》, 《3기니》 등
그의 작품은 지금까지도 많은 사랑을 받고 있으며, 《불가사의한 V 양 사건》은 존재감을
잃은 사람들을 그린 실험적인 소설이다.

고정순

그림책을 만들고 에세이와 소설을 쓴다.
난독을 딛고 활자 중독자가 되어 오늘도 쓰고 그린다.

홍한별

글을 읽고 쓰고 옮기면서 살려고 한다. 《클라라와 태양》, 《모든 것을 본 남자》,
《깨어 있는 숲속의 공주》, 《이처럼 사소한 것들》 들을 우리말로 옮겼다.
《밀크맨》으로 제14회 유영번역상을 받았다.

불가사의한 V 양 사건

버지니아 울프 글 · **고정순** 그림 · **홍한별** 옮김

1판 1쇄 펴낸날 2024년 8월 26일

펴낸이 이충호 | **펴낸곳** 아름드리미디어 | **등록번호** 제10-1227호 | **등록일자** 1995년 11월 6일

주소 04000 서울시 마포구 월드컵북로 45 에스디타워비엔씨 2F | **대표전화** 02-6353-3700 | **팩스** 02-6353-3702

홈페이지 www.gilbutkid.co.kr | **편집** 송지현 임하나 황설경 박소현 김지원 | **디자인** 김연수 송윤정

마케팅 호종민 신윤아 이가윤 최윤경 김연서 강경선 | **경영지원본부** 이현성 김혜윤 전예은

제조국명 대한민국 | **ISBN** 978-89-5582-768-2 03840

그림 ⓒ 고성순 2024, 〈이름이 뭐야〉 ⓒ 고성순 2024

아름드리미디어는 길벗어린이㈜의 청소년·성인 단행본·그래픽노블 브랜드입니다.